横浜大空襲と戦後の疎開生活

幼時から少年時代に体験した戦中・戦後の十年

志村瑞雄
SHIMURA Mizuo

文芸社

目次

はじめに

昭和十六年（一九四一年）の太平洋戦争（第二次世界大戦）開戦から、今年（令和四年）で八十一年となり、戦争を知り語れる人もほとんどいなくなり、また、知っていても語りたくない人もいると思います。

東京の空襲はよく語られますが、横浜でも大空襲があり、そして三か月後に敗戦を迎えました。

私たち家族は空襲のため一瞬にして衣食住すべてを失い、瓦礫《がれき》の散乱する焼け跡で数日間、野宿をしました。非常食として用意していた南京豆とスルメイカしか口にできず、父親は空腹にもかかわらず衣食住確保のため東奔西走していました。

その父親がいつ帰ってくるかわからない不安な気持ちで、同じく待ち続けた母子四人。その時、母は臨月でした。

開戦の年に生まれ、八十一歳になっても鮮明に記憶に残っている私の戦後十年までの記録を、本書によりお知りいただければ幸いです。

父と母の郷里

父「秋山亥一《いいち》」は、山梨県南巨摩群増穂村青柳の南に位置する豪商、秋山霜太郎の家に次男として生まれました。

秋山家は代々伝わる「祝屋《いわいや》」を経営しており、酒、食料品や生活必需品の販売のほか、街道筋のため、お土産や茶店までもひらいていました。それだけでなく、竹林や山の販売の仲介、家畜までも販売する萬屋《よろずや》以上のような商家だったようです。

古いしきたりで、長男以外は家督の相続はできませんでしたので、次男として生まれた父は、少年期から家業を手伝っていましたが、いずれ自分は家を離れなければならないと思っていたそうです。

乗馬の得意な霜太郎はたまに馬に跨《また》がり、竹林の見積もりに出かけたそうです。

「竹林の見積もり」とは、農村地帯だったために竹を使った農機具や生活用具などを作る業者が多く、「この竹林では直径何寸の竹が何本取れる」ということが重要で、その見積もりをするのが得意だったそうです。

父は七歳の時重い疫病（赤痢？）にかかり、霜太郎は当時熱心に信仰していた近くの芝大権現社（山岳宗教である天狗の神様）で息子の疫病が早く回復するよう懸命なキツイ願掛けをしました。願が通じたのか既に白い布が顔に掛けられていたにも拘わらず、お通夜の席で息を吹き返しました。しかし霜太郎は家業を少しも手伝わないで遊んでいるばかりの長男を常に叱咤、父は自分が親の側に居るとますます長男と親子関係が悪くなると思い、九歳の時、近所に住まいする学者で軍師の河野様宅に住み込み奉公、身の回りの全てを面倒見ながら作法と高度な学問を習いました。

いつか親元を離れなくてはと思っていた父は、当時、男の憧れであった国鉄（現在のJR）に勤めるため、親の援助を一切断って十六歳で単身横浜に移り住み、いちばん稼げる沖仲仕《おきなかし》（大型貨物船とエンジンの無い小型運搬船や岸壁の間を肩や背中に貨物を背負い積み降ろしをする港湾労働者）をしながら東京の岩倉鉄道学校に通っていました。

しかし、細身の父にしては荷役仕事があまりにも苛酷な上、頑張りすぎて体を壊し、丸二年で郷里に戻りました。その背景には家族間の深い関係があったのですが、ここでは触れないことにします。

母「志村ゆき」は、その母方が華族で父方は士族の血を引いており、父と同郷で青柳の北側に住んでいました。父親の「竹次郎」は「志村時計店」の店主で、ゆきは、その母親「しげ」との間に一人娘として生まれました。

男子がいなかったので、家督を相続するため華族の血を引く母親「しげ」から厳しい躾《しつけ》を受け、多才に育てられました。

当時の女性たちは、純白の服をまとった看護婦のナイチンゲールに憧れ、また、父親の竹次郎から聞かされていた東京生活にも興味を持った母は、大正五年、ご多分に漏れず地元の高等小学校を卒業して二年後、東京の聖路加病院の寄宿舎から看護婦学校に通うことになりました。

大正の初期、わずか十五歳の女の子が遠く離れた大都会の東京で、たとえ仕送りがあったとしても一人暮らしをすることなど、当時は到底考えられないことでした。

「可愛い子には旅をさせろ」という昔の格言がありますが、まさしくこのことだと思います。そこには絶大なる親子関係があったことでしょう。

しかし、程なくして父親の竹次郎が急死してしまい、ゆきは急遽《きゅうきょ》郷里の青柳に戻りました。

母の志村家では、家名を絶やすわけにはいかないので、「祝屋」の次男であった父亥一に白羽の矢を立てました。

二人とも都会生活の経験があるので、「似合いの夫婦になる」と親同士で話し合い、志村の家督を相続するべく、父亥一は秋山家から志村家の婿養子となりました。

母の父、竹次郎は明治の中頃、東京銀座の「服部時計店」で販売と時計の修理技術を学び、地元青柳で開業しました。時計店は全国でもほんの数軒しかなかった時代です。

また、母の高等小学校時代の学友の中には、就任期間が最も短いことで有名な首相の奥方になった人や、身延山久遠寺貫主《かんず》の奥方になった人もいて、母の話によると、ほかにも大企業の創立者の奥方になった女性が何人かいたらしいです。

横浜へ進出

父亥一と母ゆきは大正十一年に結婚し、その翌年の七月に長男富太郎が生まれました。

それから二か月後の大正十二年九月十日、「関東大震災」が起こり、村の半数近くの家が倒壊したそうです。

両親は大正十三年、横浜で事業を始めることを決心し、一歳にも満たない富太郎を連れて横浜市南区に転居しました。

明治時代、ど根性があって負けん気が強く、しかも先見の明がありアイデアにも優れた山梨県甲府盆地人には、都会に憧れて郷里を離れ、成功して現在の大企業の創立者になった人物が多くいました。両親も大志を抱き横浜に転居したのです。

夫婦で話し合い、母の父、竹次郎が取り引きをしていた東京銀座の服部時計店を説得し、時計の委託販売を始めました。

やがて売り上げを伸ばして信用をつけ、利益の大きい買い取り販売にまで漕《こ》ぎ着けました。

当時、港町横浜には、船乗りを相手に船上や港で商売ができる鑑札を持った「艦船業」という無店舗の商売人が多くいたそうで、父もその仲間入りをしました。

彼らの扱う商品は、出航船の土産と船上での生活必需品でしたが、飛行機便などない時代、輸出入はすべて貨客船で行われていたので、父は出港を待つ船には目もくれず、入港した日本国籍の船に目をつけ、高級時計の商売から始めました。それから売り上げを伸ばし、宝石まで扱うようになったのでした。

とにかく高級品が飛ぶように売れたらしいのですが、そこには理由がありました。

それは、船乗りたちは一度出港すれば短くて一、二か月、長いと半年以上もの航海になるため、給料は下船するときに支払われ、船長や一等航海士などは長期の航海から帰ってくると、今の価値にして七、八〇〇万円ぐらいの給料を現金でもらっていたそうです。

振り込みなどない時代ですから、大金を手にすれば当然、誰でも羽振りが良くなるはずで、おのおの全国の家に帰るときに、お土産として時計や宝石を買う人もいたのです。

まだ日本製の時計のない時代ですから、スイスやアメリカ製（シーマ・ナルダン・ウォルサム）の純金懐中時計や腕時計、そして宝石類の指輪がよく売れたそうです。目の付けどころが良かったのだと思います。

そのようなわけで、昭和十～十一年頃から信用貸金業も始めました。私が生まれた頃には商売人や企業に金融融資も多々あり、横浜の名士にまで上り詰めたのでした。

一方、周りを海に囲まれ資源に乏しい日本は、それを常に外国に求めなければなりません。日清戦争で中国の朝鮮半島進出を阻止し、強いロシアの南下作戦も日露戦争で阻止して自信をつけた日本は、ヨーロッパの先進国に統治されていた、あまり開発されていない東南アジアの国々に進出していきました。

あまりにも勢いのよい日本を脅威に感じた世界が、一団となってこれを阻止しようとしたのが第二次世界大戦の始まりだと思います。

私が生まれたとき、すでに母は九人の子宝に恵まれ、初子の長男はその年十七歳になっていました。その長男はすでに複数回軍事訓練を受けていたのですが、昭和十六年四月の静岡県御殿場での雨中軍事訓練で風邪をこじらせ、肺炎になってしまいました。

そのまま病から回復することなく、昭和十六年六月十四日に亡くなるのですが、その直前の病床で、

「お母さん、お腹の赤ちゃんは僕の代わりの男の子ですよ‼」と言ったそうです。

亡くなって三か月後の九月十日、志村家の三男として私、瑞雄《みずお》が生まれました。長男を亡くした母が、長男の言葉通り男の子が生まれて大喜びしたことを、私が小学生時代によく話してくれました。

日清戦争から始まった長引く戦争で、国は「産めよ増やせよ」をスローガンに掲げていましたが、我が家ではその当時健在な十人の姉弟の中で、男子は一回り以上も違う次男源太郎と私の二人だけになりました。

私が生まれる約一年前に、都会にしては珍しく長い塀が掛かった庭付きの店舗併用住宅を、町中に新築していました。家の中にはコンクリートの台座の上に、人が入れる（観音開きの大型）金庫や柱時計があったことを今でもはっきり覚えています。

私が生まれる四、五年前までは「ねえや」を二人使い、当時六人の兄姉が幼稚園から高等科まで私立に通っていたらしいです。

次男の兄は自己主張が強く、明治生まれで努力の末短期間で成功し絶大なる自信と権力を持っていた明治気質の父とは意見が合わず、また独立心も強かったため、志村本家の血を引く母は、私に家督を継がせるべく期待していたのです。

大家族を養う父は赤紙（戦争に行くための召集令状）がいつ来るかと、いつもビクビクしていたそうです。

時期は定かでありませんが、優しい父が長女智恵子の頬を思い切りたたいたことがありました。私が中学生の頃、晩酌をしている父にその訳を聞くと、その当時長女は神奈川県庁の徴兵課に勤務していて、今だから話すことができますが、大勢の家族を養っている父を徴兵リストから外してしまったというのです。

「俺は非国民になってしまう!!」

「非国民」という言葉は、私的なことを優先し、自分勝手で国のために助け合わない、そして思いやりのない人物に使われました。

その後父は、地元南区や磯子《いそご》区の戦争留守家族（徴兵のために稼ぎ手を失い、国からのわずかな収入で細々と生活をしている家族）を、横浜が大空襲になるまで援助していました。

現在でも、国からのわら半紙のような薄いB5判の感謝状が数枚、私の手元にあります。

赤とんぼ

私が姉昭子におんぶされ、おんぶ紐《ひも》の上から両手を出して「アイイ！　アイイ！」とはしゃいでいた時のことですから、多分一歳にもなっていなかったと思いますが、赤い単発の複葉機が上空を旋回すると、母が「ボク、赤とんぼだよ‼」と教えてくれました。

今になってもこのことや、戦災で焼け落ちた家の間取り、丸く穴の開いた木製の踏み台の中に大事に仕舞っておいた玩具やクマさんの縫いぐるみ、そして春駒や「バタバタ」などはっきり記憶しています。

よく兄姉から、「私たちも知らないそんなことは、親から聞いた話でしょう‼」と言われました。しかしこれは本当の話です。

姉昭子はいつも私をおんぶして長い廊下の雑巾がけをしていたのですが、私がやっと駆け足ができるようになった頃、多分一歳半ぐらいだと思いますが、車の走る方向に長い廊

下を駆けると離れの部屋から、

「そこにいるのはみずおでしょう？　ここに来て」といつもか弱い声がかかりました。

その声は大勢の兄姉の中でいちばん活発だったはずの昭子の声でしたが、母からその部屋には絶対入ってはいけませんと固く禁じられていたのです。

ほんの一度だけ廊下の障子戸をそっとわずかに開け、隙間から中を覗《のぞ》いたことがありますが、布団が敷いてあり誰かが寝ているようでした。部屋には長押《なげし》に掛けたきれいな着物と小さな和ダンス、鏡台、ミシンがありました。

「そこにいるのはみずおでしょう？」と、同じくか弱い声が聞こえました。わずかに開けた障子を静かに閉めて逃げ出した記憶があります。このことは今まで誰にも話したことはありません。

この姉は昭和十九年、私が三歳になる半年前、十六歳で肺結核により亡くなりました。

あの活発な姉さんが、若くして病と闘い、家にいながらあまり家族とも会えず、寂しさに耐えながら亡くなったと思うと、今これを書いていても胸がつまります。

また、さらにその時の優しく家族思いの両親の気持ちを思うと、ただただ頭が下がります。

このような時、グアム島から飛び立った双発の爆撃機（B25）十六機が、すでに首都圏（東京・横浜・名古屋・大阪・神戸）のほんの一部を初めて爆撃していたことを中学生の頃父から聞きました。

最近知ったことですが、島国のため昔から海軍に力を入れていた日本は、徐々に外国の影響を受けて空にも力を入れるようになり、日本海軍は昭和五年に、現在私が住んでいる横浜の南端にある金沢区の一部から横須賀市夏島町にかけての広大な地域を、日本海軍飛行隊基地にしました。ここここそが日本海軍飛行予科練習生、すなわち〝予科練〟の発祥地です。

予科練は、初めの昭和五年頃は乙種合格少年兵でしたが、次第に有能で体力のある飛行兵が必要となり、昭和十二年に甲種合格者に変更されました。全国から約三〇〇人程の少年兵を選び、この地で教育し技術を覚えた少年飛行兵が、昭和十四年頃から順次茨城県の霞《かすみ》ケ浦《うら》に移動して戦闘機による飛行や戦闘訓練をしたらしいです。

そのようなわけで、あの赤い単発の複葉練習機「赤とんぼ」は、多分夏島から飛び立ったことと思われます。

二歳半の頃だと思いますが、車好きの私は塀の外を走る車に沿って廊下を駆け、転んで大きなコブを作った記憶があります。

家が塀で囲まれているため、ちゃんと車を見たことがなかったのですが、ある時、塀の外に停まり「ウーウー」と大きな音をたてている木炭トラック見たさに、木戸を開けそっと見ていました。

すると一人の大人が運転台の後ろに付いたドラム缶より細長い罐《かま》の下で手回しのハンドルを一生懸命回し、もう一人の大人が罐の上から俵を抱えて炭を落とし入れていました。

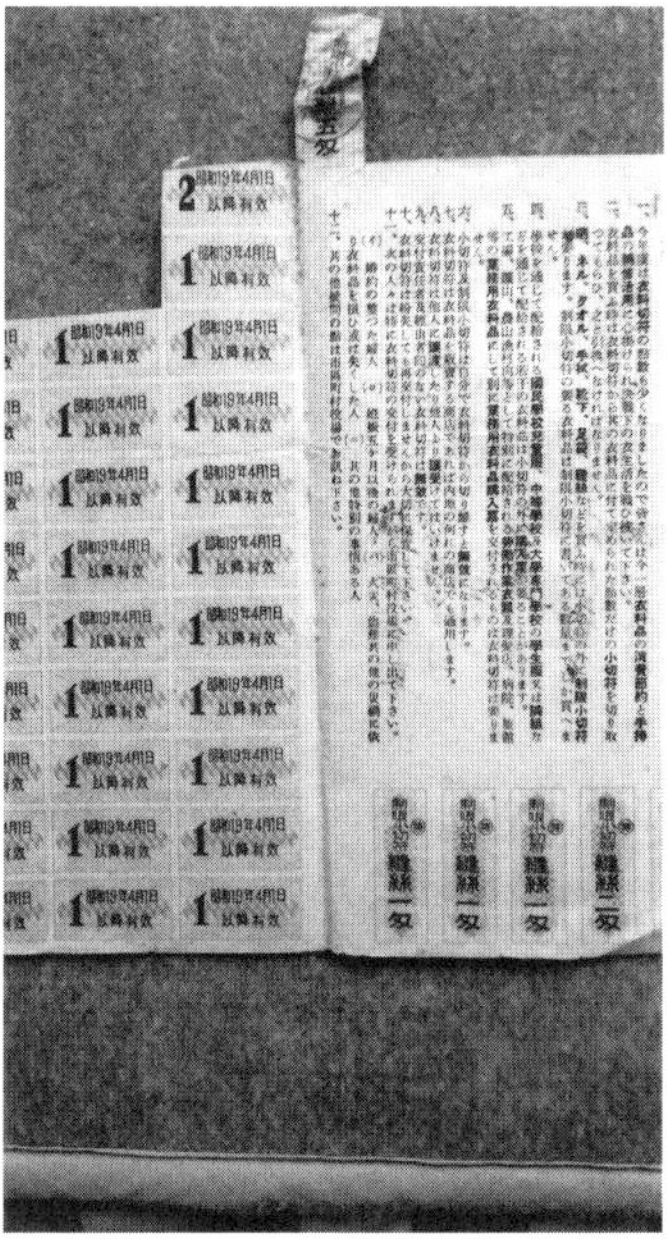
当時の配給券

その半端でない大きな音と舞

い上がった炭の粉にビックリして、後ろの荷台から車の下に潜り込み、時間も忘れて見上げていると、突然車が走り出したのです。

運良く車にはひかれませんでしたが、優しい母に初めてきつく叱られました。塀より外に出てはいけなかったのです。戦争で焼失した家の間取りまで覚えている私ですが、母に叱られ注意されたことは、八十一年の歴史の中でこれが最初で最後でした。既にこの頃から「車大好き人間」になっていたのです。

しかし今考えてみると、資源の乏しい日本は車の燃料まですべて軍に回り、一般には出回らなくなっていたのです。衣料品は贅沢《ぜいたく》品となり、配給制になりました。今でも私は古びて破けそうな、当時の黄色い配給券の束を保管しています。

また、たとえ配給券があったとしても、品物はほとんど手に入りませんでした。軍の力が強く、マスコミやすべてを支配していたのです。その背景には、元来、愛国心や責任感、そして辛抱強く、穏健で思いやりの強い日本人の国民性があったのだと思います。

その頃、庭で遊んでいる私に、長い塀の節穴から「坊や！　坊や！」とよく声をかけてくれる軍人さんがいました。

昭和16年、名士の仲間入りをした父（最後列左側）。神奈川県庁前にて

急いでお店に回ると、そこには凜々《りり》しい陸軍制服姿の若い兵隊さんがいて、大きな素通しのガラス戸越しにお互いシッ、ケ、をします。シッ、ケ、とは「敬礼」の動作のことです。

私はその人を「シッケイちゃん!! シッケイちゃん!!」と呼び、大変に慕っていた記憶がありま す。母の話ですと十八、九歳で、昭和十九年の秋頃、南方の激戦地で帰らぬ人となったらしいです。

名士になった父は、山梨県の実家から弟二人を呼び寄せると、上の弟には貨客船の調理師として修業をさせ、その後飲食店を持たせ、下の弟には自分の商売を手伝わせました。

しかし、この下の弟は外交的で社交性が強く、また都会が珍しかったのか、いろんな遊びを端から覚えてしまいました。夜遊び、外国映画鑑賞、野球、社交ダンス、タップダンス、英語、落語などなど、今でもとても考えられない、芸に関しては多才でした。

多種多様な遊び、すなわち道楽を教えるために田舎から呼び寄せたようなものだと私が中学生の頃、母がこぼしたことがありました。

その叔父も亡くなってすでに三十数年近く経ちますが、生前、今私が住んでいる家に遊びに来ると、必ずお酒が入ると私たち兄姉の前で落語をして楽しませてくれました。

昭和十八年頃だと思いますが、五、六歳年上の従兄弟たちが来ると、必ずみんなでかくれんぼをしました。

彼らは埃《ほこり》だらけになりながら金庫と天井の隙間に、私は時計の振り子に触れぬよう中に隠れました。埃だらけになった彼らがよく父に叱られていたのは懐かしい思い出です。

暗雲

その頃は実状に反しまだイケイケムードで、新聞などは連日戦勝を報道していましたが、南方の島々（フィリピンやマリアナ諸島他）では撤退や玉砕があり、連合軍は日本本土を爆撃するため、そこに長い滑走路を建設し始めました。

初めのうちはまだ足の短いB25爆撃機だけの爆撃でしたが、時が経つとその中に途轍《とてつ》もなく大きな四発の爆撃機が交ざるようになってきました。それが有名な〝空の要塞〟、四発の重爆撃機B29です。すなわち、玉砕した南洋の島にB29が離陸できる長い滑走路が完成していたのです。

この頃はまだ、いろいろなルートから得た情報による試験的なピンポイント爆撃だけで、そのほとんどが港湾や軍需工場だったらしいです。それでもそのつど空襲警報が発令され、サイレンが繰り返し鳴り続けました。

まだ完全に日本の制空権が奪われていませんでしたが、太平洋上の島々から飛び立った大型長距離重爆撃機を護衛する戦闘機が必ずいるということは、すでに近海にアメリカの航空母艦が停泊していたと思われます。多くの軍需工場が爆撃されて戦闘機や艦船の生産が思うようにできず、また海上封鎖のためにドイツからの技術や高性能な武器の補給もできず、加えて資源の不足もあって、少ない機体で日本は孤軍奮闘していたということがわかります。

自分の国を守るべき現在のミサイルに相当する高性能なV2ロケットや、精密で遠くまで届くレーダーの部品や図面を載せたドイツの潜水艦は、連合軍の潜水艦にことごとく沈められていました。

すでにドイツから提供されたV1ロケットの技術を基に試作したロケット機「秋水」は完成に近づいていたものの、結局、試験飛行も思うようにできず終戦になったということらしいです。

大正時代から日本は量子力学や理論物理学の分野では世界でも群を抜いていて、ノーベル物理学賞の湯川秀樹の中間子理論、そして仁科博士は、日本の大学で教授をしていたスウェーデン人のクライン博士と協力して、難しい計算式を導き出しました。これが原子核物理学の始まりで、この「クライン＝仁科の公式」により、核連鎖反応が理論化されたのです。

簡単に説明すると、ある一定条件下で中性子をウラニウムU２３５に照射すると、核連鎖反応が始まります。すなわちこれが核反応で、原子爆弾の開発の始まりでした。

しかしこの理論計算式は、現在ならコンピューターで必要なデータを繰り返しインプットするだけでさほど時間はかかりませんが、当時はそうはいきませんでした。条件が多いほど精度が高くなることから、完成には一定条件に近づく度に実験をしなければならないのです。

膨大な条件の組み合わせでこの条件をいろいろ用い、何人もの人間が多数のデータを各々頭で計算してもどのくらいかかるかわかりません。また、実験や製造には莫大《ばくだい》なお金がかかり、材料の調達や製造技術の開発も必要で、その上、国土が狭い日本では最終的な実験場所がなく試作などはできませんでした。

しかし、その頃アメリカでは「マンハッタン計画」により、ネバダ州の砂漠にある地下核実験場で繰り返し実験が行われ、二種類の原子爆弾の完成が間近に迫っていました。そのことは秘密情報により日本軍もうすうすわかってはいましたが、どうすることもできませんでした——。この件に関してのお話はここまでとします。

南方を飛び立った空の要塞Ｂ29が、数機編隊で銀色に輝き高空を飛ぶたびに空襲警報のサイレンが繰り返し鳴り響きました。そして高射砲の発射音があちこちから聞こえてくるのですが、敵機より遙《はる》か下方で花火のように「パッパッ」と白い煙が見えるだけです。あまりに高いところを飛ぶので、飛行機に砲弾を当てるのではなく近くで破裂させ、その爆風で打ち落とそうというのですが、射程外の遙か高空一万メートルを飛ぶ敵機には全く通用しません。悠々と彼らは飛び去りました。

そんなとき、町内では警防団がメガホンを持ち「敵機来襲‼　敵機来襲‼」と走り回り、サイレンが大きくなったり小さくなったりを繰り返します。このサイレンの音は、今でも耳をふさぎたくなる思いです。

「警防団」とは、まだ召集令状の来ていない男性で、鳶口《とびぐち》や防毒マスクを腰にぶら下げ、多少の格闘訓練や消火訓練、そして救助訓練をも受けた制服を着た男性集団のことです。

夜間でも空襲は再三あり、このときは幾筋ものサーチライトが機影を追いかけるのですが、いずれも同じことでした。

サイレンがたびたび鳴るため、状況判断し危険を感じた両親は、昭和十九年の夏、四人の姉さんたちを山梨県の実家に近い最勝寺という部落に縁故疎開させました。この家は母の祖母の遠縁に当たる母子家庭ですが、大きな家だったことを記憶しています。

いつの間にか姉さん方がいなくなり、どこに行ったのだろうと思っていましたら、両親が桐《きり》の和ダンス、桜の洋服ダンス、桑の茶ダンス（これらの材質は高校生の頃知りました）や食卓テーブル、そして大きな長持ち二竿《ふたさお》に和服や洋服を詰め、さらにその中に食器類を詰め始めました。私も小さいながらそばで見ていましたが、蓄音機が二台、ＳＰ判のレコードがビッチリ入ったケースもありました。

その後、荷車を引いた馬力（当時は馬車でなく馬力と呼んでいました）が三台来て、これらをどこかに持って行きました。あとで知りましたが、姉さん方の疎開先に鉄道便で送ったのです。

疎開はせず地元横浜に残ったのは、両親と十四歳の和子、六歳の聡子、そして三歳の私でした。十四歳の少女が家族四人の面倒を見てくれたことに感心すると同時に、今でも感謝しています。

十八歳になったばかりの次男源太郎は、代用教員として一〇〇人ほどの小学生を連れ、箱根の強羅へ学童疎開の教師として赴任しました。

常に私と一緒だったすぐ上の姉聡子は、頭が良く、疎開先の増穂中学校の時は生徒会長までしていましたのに、なぜか小学校低学年までのことはうろ覚えで、両親や兄姉が亡くなっている今日、戦中や戦後を詳しく語れるのは現在九十二歳の姉和子と私だけです。

庭にはいつ爆撃を受けてもいいように兄源太郎と亡くなった次女昭子が掘ったお椀《わん》のように上を土で盛った半地下式の防空壕《ぼうくうごう》があり、その中には最低限必要な生活必需品と非常食が収納されていて、入り口は丸太で塞がれ土で固められていました。

しかし、これは大空襲の時には全く役に立たず、父の話によると中は蒸し焼き状態だったということです。

徴兵された出兵兵士の送別会が連日町内のどこかであり、多いときは二、三か所であったそうです。制服姿の警防団や婦人防護団、そしてエプロンやモンペ姿の婦人に交じり、子供たちまでも日の丸を手に、

昭和18年、筆者自宅の塀を火事に見立てた消火訓練での町内会集合写真

「勝ってくるぞと勇ましく、誓って国を出たからにゃ!!」の歌声で送り出しました。

「婦人防護団」は、モンペ姿で防空頭巾をかぶり、手押しポンプ車での消火と負傷者の救護、そして炊き出しもします。町内会で私の家の木塀を火事に見立て、手渡しのバケツリレーとホースで水をかけてデッキブラシで擦《こす》り、消火活動の訓練をしていたのを覚えています。

もちろん警防団の指揮の下ですが、この最中に空襲警報のサイレンが鳴ると、蜘蛛《くも》の子を散らすように自分の家に逃げ隠れていたものです。

よく父が口癖のように、

「俺は一度も訓練には出なかった。自分の命も危ない非常時に、消火活動をしたり他人の面倒を見たりする余裕はない。どんなことをしても、お互い自分や家族の命を守ることが大事だ」と言っていました。私もそのように思います。

徴兵や防火訓練には出ませんでしたが、財政に余裕があった父は非国民になることを嫌い、南区や磯子区の大勢の戦争留守家族の支援をしました。

出征兵士に渡す日の丸の寄せ書きや千人針が町内から回ってきます。「千人針」とは、出征兵士が戦地で活躍して無事に戻ってくることを念願し、白い布に家族や親戚、そして町内の関係者が一針一針赤い糸で縫い目をつけ、出征兵士に持たせるのです。

衣食の統制がますます厳しくなり、配給券があっても品物がほとんど手に入らなくなってきました。すべての輸出入が連合軍から遮断され、兵糧攻めに遭っていたのです。先ほども書きましたが、現在でも私の手元には茶色に変色しボロボロになったその時の配給券のシートが何枚もあります。

甘い物などはほとんどなかったのですが、父の知り合いで軍御用達の製菓会社から砂糖や水飴《みずあめ》を分けていただきました。陸軍の鉄兜《てつかぶと》（鉄製のヘルメット）に入った、石のように硬く固まった水飴を分けてもらい、金槌《かなづち》でたたいて飴のように舐《な》めたり、母がお砂糖代わりに使ったりしていたことも覚えています。

主食は玄米か押し麦、それに油を搾った大豆の粕《かす》でした。母が一升瓶に玄米を入れハタキの柄でつついて少しばかり白く精米しますが、これが面白くてよく手伝いました。多分邪魔になっていたかもしれません。

甘い物は贅沢品の時代、軍用製菓会社から分けてもらったお砂糖と小麦粉を、蓋の付いたドーナツ型ジュラルミン製パン焼き器で焼いたこげ目のある甘いパン（？）は、とても美味《おい》しかった記憶があります。親が与えてくれるものは、不満や不足も言わず何でも食べました。

本土爆撃と機銃掃射

昭和十九年の秋頃から、昼夜を問わず頻繁に空襲警報のサイレンが鳴るようになりました。そのつど防空頭巾をかぶりリュックサックを背負い、隣家と共同で造った敷地を跨いでいるコンクリート製の地下防空壕に飛び込みます。

夜中でも空襲警報のサイレンが鳴りますと、決して起こされたりぐずったりすることなく自分で起き上がり、姉が電灯の笠から外した上着を自分一人で着て、防空頭巾をかぶり姉におんぶします。これが習慣になったのか、今まで一度でも起こされたこともありませんし、目覚まし時計を掛けたこともありません。睡眠中に小さな音がしたときでもすぐに目を覚まします。

空襲警報のサイレンが鳴ると、そのつど隣家と共同で造った地下防空壕の中に飛び込みますが、中は暗くかび臭く、防空用の青色の裸電球が点《つ》いたり消えたりします。じっと息をひそめていますと、高射砲か爆撃音かわかりませんが「ズズーン」という音が繰り返し響いてきます。

夜間は灯火管制が敷かれているので、私が着ていた小さな上着を電灯の笠《かさ》に巻き、明かりが外に漏れないようにしているのです。

寝るときは親子五人が洋服を着たまま川の字で、父の頭上には警防団用の帽子と防毒マスク、母と姉和子は防空頭巾、七歳の七女聡子と私の枕元にはもちろん防空頭巾と非常食をつめた小さなリュックサックがありました。

まだ召集令状が来ない男性は警防団に入り、万が一の時活躍するために防毒マスクが配られたのです。

綿入れの防空頭巾や裏地の付いたリュックサックは、多才で器用な母の手作りでした。二人のリュックサックは濃いチャコールグレーと薄いグレーのピンストライプで、内側は姉がエンジ色、私は緑色でした。私としてはエンジ色の方が気に入った記憶がありましたが、作ってくれた母の気持ちを思い、不平は言いませんでした。

小さなリュックサックの中身は、日持ちの良いスルメイカ、渋皮の付いた南京豆、それに砂糖で、二人とも同じでした。

父の話によると、今のようにインスタント物などない時代、思慮深い多才な母（今の中学校に相当する高等小学校を卒業して和裁・洋裁、そして楽器は琴・三味線・ギター・尺八をこなしました）の提案だそうです。

昭和十九年の終わり頃は、戦闘爆撃機による小規模爆撃と逃げまどう市民を狙った機銃掃射がしばしばあり、私も狙われたことがあります。

五〇〇メートルほど離れた高台の中腹にある横穴式防空壕まで逃げる途中、急旋回した戦闘機が前方から機銃掃射してきました。私たちを狙ったのです。

母の手を引いている父は、荷物を満載した大八車の陰に二人で隠れ、私たち姉弟三人はコンクリート製のゴミ箱の陰に隠れて難を逃れました。

機銃掃射とは、空中戦をするために搭載している機関銃で地上の人間を狙うのです。銃弾が地面に約五十センチ間隔（飛行機のスピードで多少異なります）で土煙を上げながら、一直線にものすごいスピード（多分時速四〇〇キロ以上）で追いかけてくるのです。背を向けて逃げたら絶対に命を失います。

砂煙や小さなコンクリート片を弾き飛ばしながら飛んで来る銃弾に向かって走り、弾が当たる寸前に左右によけるのですが、慌てているので勘が狂い命を失った人も多数いたらしいです。

そして弾をよけ難を逃れたら、頑丈な建物の陰に隠れて敵機が飛び去るのを待つのです。私たち家族にもこのようなことが数回ありましたが、はっきりと記憶しているのは一度だけで、運良く生き延びました。

逃げる途中、銃弾に貫かれ亡くなった人がいたのですが、母は私に向かって「目を閉じていなさい!!」と言いました。しかし怖い物見たさにちらっと見たことがありました。そこには赤ちゃんを抱っこしたまま背中から撃ち抜かれた二人の遺体があったことを記憶しています。

貴金属の供出

父は宝石商もしていましたので、縁故疎開をした姉たちに多量の貴金属を持たせましたが、金庫の中にはまだまだ大量の貴金属や貴重品（多額の国債、生命保険証、銀行の預金通帳、貸付契約書など）があったということでした。

金属類の取り立てがますます厳しくなり、金物（鉄類・銅・鉛・スズその他）及び貴金属（白金・金・銀）、宝石類はダイヤモンド・ルビー・サファイヤ・オパールなどを多量に供出しました。

さらに防犯用にと金庫の中に密かに仕舞っておいた、親譲りの「国重《くにしげ》の大刀」や脇差しまで没収されました。

たびたびお巡りさんが来て、自分の手柄にするつもりで持って行きました。おのおの使い道があったらしいのですが、大きく高価なオパールなどの使用目的はハッキリせず、幼児ながら父が悔しがっていたのを覚えています。

国の没収目録のほんの一部（五、六枚）と、小さな感謝状が現在も私の手元にあります。

やがて、高齢で召集令状が来なかった男性にも令状が来るようになりました。

そうこうするうち、昼夜問わず頻繁にB29の編隊が高空を飛ぶようになりました。空襲警報のサイレンが繰り返し鳴り、また高齢者の警防団の男どもや婦人防護団がメガホンで「敵機来襲!!　敵機来襲!!」と走り回っていたのを覚えています。

夜間は灯管制が敷かれているため、できるだけ電気は点けませんが、やむをえないときは光が外に漏れないように、素早く私の小さな上着で電気の笠を囲いました。

昼間は数機の敵機の白銀の輝き、夜間は幾つものサーチライト（当時は探照灯と呼んでいました）で機影を追います。そして地上の砲台から高射砲が発射されますが、すでに飛行機が通り過ぎた遙か下方で花火のように砲弾が炸裂《さくれつ》するだけです。あまりにも高空（約一万メートル）で、さらにそのスピードに追いつかなかったのです。

御所有の金製品を
皇國の爲め政府へ
御賣却相成報效の
御志洵に感銘に堪へず
茲に深謝の意を表候

皇紀二千六百年十二月十二日

財團法人戦時物資活用協會
會長 正三位勲一等 八田嘉明

志村亥一 殿

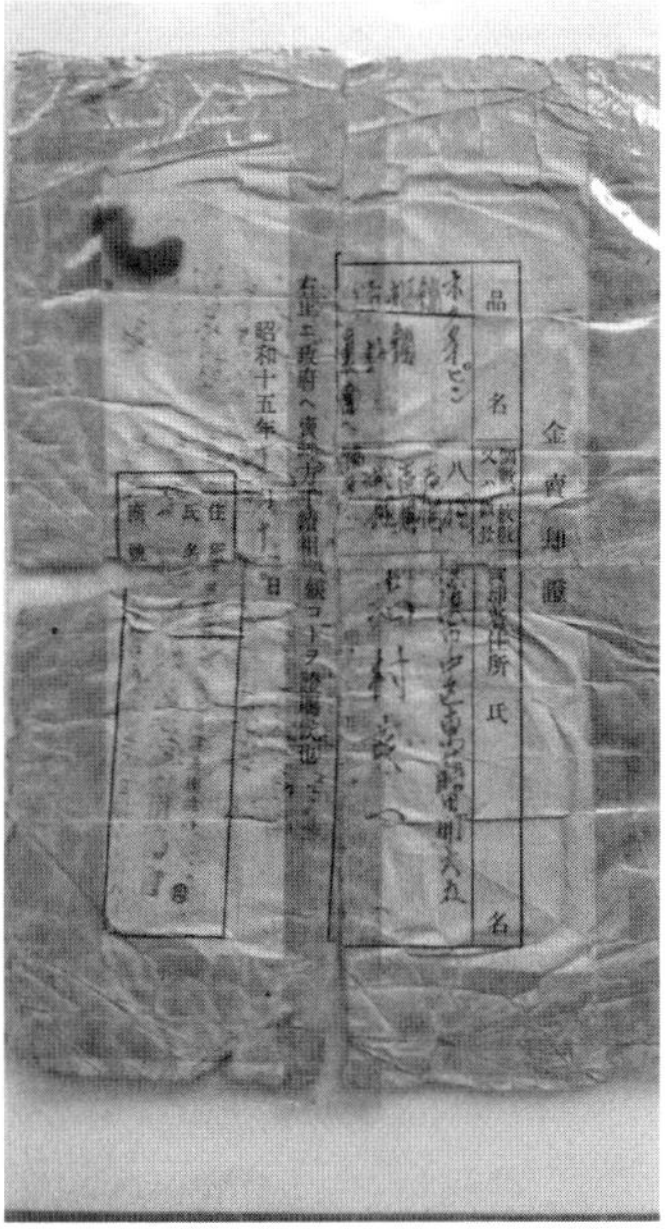
品名
昭和十五年

貴金属供出の感謝状と目録の一部

東京や地方都市でも同じだったことでしょう。今思うに、その時は首都圏の防衛戦力と爆撃方法の下調べだったと思います。

さらに双発の戦闘爆撃機（P51）の護衛のもと、大型重爆撃機（B29）が低く飛ぶようになりました。昼間は低空飛行の戦闘機からの機銃掃射があり、空襲警報が一日に何回も発令されます。特に夜間などはあらかじめ目標にしておいた港湾及び軍事施設や大きな工場を爆撃するようになりました。

連合軍は爆撃目標を決めていて、爆弾一個を抱えた戦闘爆撃機（Ｐ51）が爆弾を投下すると身軽になり、今度は低空で地上の人たちを狙いました。

制空権は完全に奪われ（父の話だと操縦士の顔が見えたそうです）、そのつど堀ノ内の横穴式防空壕まで逃げ込むのです。

飛行距離の短い戦闘機が飛来するということは、近くに航空母艦が存在し、すでに領海のみならず日本中の都市の近海に無数のアメリカ海軍がいたのです。

多分関東に飛んできた多数の戦闘機は、相模湾に停泊していた航空母艦からだと思います。

焼夷弾と一発の爆弾

ある日の朝、南西から北東に向かって無数の戦闘爆撃機（Ｐ51）や大型長距離重爆撃機

（B29）が横浜の高空をスルーしました。これが昭和二十年三月十日の東京大空襲でした。私には記憶がありませんが、両親の話では、お昼頃少し高台に上ると、東京方面の上空が真っ黒な雲に覆われていたそうです。

その日の午前十時過ぎ、私の家から三、四〇〇メートルのところに戦闘爆撃機が爆弾一個だけを落として南に飛び去りました。その爆風のため、掃き出しで長い廊下のガラス戸はすべて粉々に割れ、家中に飛び散りました。

掃除機のなかった時代です。片づけるため、中区に住んでいた叔父や近所の女性が五、六人手伝いに来てくれたのですが、終わったのは午後三時過ぎだったと思います。お昼の食事かお茶菓子か定かではありませんが、母の手作りの米粉を丸くて薄くふかした十円硬貨ぐらいの甘い物を皆で食べました。

甘い物など滅多にない時代ですから久々の甘い物、お掃除を手伝ってくれた皆さんも大喜び、私も久しぶりに甘い物を口にしたのでたくさん食べた記憶があります。

連合軍はたび重なる試験爆撃で、港湾とコンクリートの建造物や工場には爆弾、木造家屋や住宅密集地には焼夷弾《しょういだん》で爆撃することに決めていたのです。

焼夷弾とは、ナフサネートとパーム油の油脂（ナパーム）を装填した一握りの大きさの六角形の筒（長さ約五十五センチ）十九発を一束にし、その二束を上下に並べ一個の爆弾としたものです。それをB29が高空から投下し、空中でそれぞれの束が切れ、雨のように降り注ぐのです。

この小さな焼夷弾一発が当たると、木造の日本家屋は瞬時に火の海になって焼失します。この束をB29が一機で五十個（合計で約二〇〇〇発の焼夷弾）ほど投下します。

この日（三月十日）は東京を爆撃したにもかかわらず、なぜ我が家の近所に爆弾が一個だけ投下されたのか、その理由を小学生の頃、父から聞かされました。

木造住宅密集地の多かった東京の下町は焼夷弾があまりにも有効で、破壊力が大きい多くの爆弾は必要なく、また投下機械の故障もあって、満足に爆弾を投下することができなかったようです。

しかし、相模湾に停泊している航空母艦に少ない燃料で一刻も早く帰艦するには、さらに機体を軽くして燃料の節約をしなければなりません。爆弾を抱えていると重い上に危険なため着艦できないのです。

そこで、帰艦途中の川崎や横浜で機体を軽くするため適当に爆弾を投下したらしいのです。

中には、何回も爆弾の投下を試みても投下できず、燃料切れのために落下傘（パラシュート）で脱出した米兵もいたようです。それが木や電線に引っかかってしまい警防団が集まり、よってたかって鳶口《とびぐち》で飛行服の上からつついて殺害したらしいのです。

また、わずかに残っていた日本の戦闘機が無数のアメリカの戦闘機を相手に空中戦の末、燃料切れのため落下傘で脱出、同じく電線や木に引っかかっていたので警防団が間違って鳶口で殺害し、引きずり下ろして飛行帽を脱がせたら、まだ童顔が残る日本兵だったこともあったらしいです。

戦争とは、公に人を殺害しても罪にならないとても恐ろしいことです。

父が言っていました。

「あの時俺も警防団にいたが、敵の兵士でもそんなことはできなかった」

父も亡くなり四十年が経ちましたが、兵士たちはそれぞれ自分のポリシーを持ちながらも、命令一つで国のためにそして自分を守るため戦わざるを得なかったのです。父が言いたかったのは、敵味方関係なく人間としての感謝と責任感、そして思いやりと冷静な心を持つことだったと思います。

世界中の人がこのように心掛ければ、戦争などは絶対起きないと私は思います。

横浜大空襲

昭和二十年五月二十九日の朝は、私の記憶ではとても良い天気でした。

そのうち、南西の方から青い空を覆うような飛行機の大群がこちらの方に向かってきました。その音たるや耳をつんざくような轟音《ごうおん》でした。

それは未明にマリアナ諸島（サイパン・テニアン・グアム島）を飛び立った〝超空の要塞〟B29の編隊で、朝九時頃から爆弾や焼夷弾を落とし始め、合計五一七機による波状爆撃が行われました。

二時間ほどで横浜の中心地の南区・中区・西区の全域、そして磯子区・神奈川区・鶴見区の臨海部を絨毯爆撃しました。単純計算しても一〇〇万発の焼夷弾です（絨毯爆撃《じゅうたんばくげき》とは、広い目標地帯を隙間なく爆撃することです)。

私たち五人の家族は飛行機の編隊を見た直後、五〇〇メートルほど離れた堀ノ内の横穴式防空壕に走りました。入り口には筵《むしろ》が掛けてあり、警防団や先着している人たちが隙間から「逃げろ! 逃げろ! 早くしろ!」と声をかけてくれました。

臨月の母の手を父が引き、十四歳の姉が七歳の姉と三歳八か月の私の手を引いて、坂を駆け上りました。この時の声は今でも耳に残っています。

大きな爆弾を一個抱えている戦闘爆撃機(P51)は、目標物(港湾・軍需工場や軍事施設・ビル)に爆弾を落とすと機体が軽くなるため、今度は戦闘機として低空から機銃掃射で地上の逃げ惑う人間を狙い撃ちします。

港から離れた住宅密集地には、重爆撃機が焼夷弾をばらまきました。坂の途中で、機銃掃射で亡くなっている人や重傷で苦しんでいる人を何人か見た記憶があります。

無事防空壕にたどり着き、筵《むしろ》の隙間から眼下を見下ろすと、黒い煙と猛火の海でした。もちろん自分の家も火に包まれていました。その時母は、

「あれがボクのお家ですよ、よく見て覚えておきなさい!!」と言いました。

今でもあの時の凜々しい母の言葉は耳に焼き付いています。

その日は素掘りの横穴式防空壕の中で、大勢の人たちが着の身着のままで地べたに横になったり岩の壁に寄りかかったりして休みました。爆撃はすでに終わっていましたが、夕方まで火災と大きな爆発音がしていました。石油貯蔵施設やガスタンクの爆発音ということでした。

翌早朝、その高台から見下ろすと、まだあちらこちらから小さな白い煙が上がり、焦げ臭く石油のような臭いがして、見渡す限り焼け野原、横浜港（約三キロ先）まで見渡せました。

黒焦げの大きな立木と、大人の背丈ぐらいまで焼け落ちた電柱が何本かあったことを記憶しています。米軍は爆撃の前日、よく燃えるように石油を撒《ま》いたという噂もありました。

午前九時頃、炎や爆発音もほとんど収まりましたので、私たちは家の焼け跡に戻りました。

すると、コンクリートの台座には大火に耐えた大きな金庫がポツンと残り、私たちの家にあったコンクリートで別々に囲った多量の石炭とコークスの倉庫は、まだ赤々と火がついたままでした。金庫のそばにある蛇口の水道管が破裂して、シュウシュウと水が噴き出ていました。

この時の光景は、昭和五十四年に発行された創作児童文学作家の高木敏子氏の『ガラスのうさぎ』という児童小説を映画化（長門裕之主演）した一場面に出てきた映像とそっくりでした。同じ映画を見た私より十一歳年上の姉和子も、

「あれは間違いなく私たちの家の焼け跡だよ」と言っています。

コンクリートの上の瓦礫《がれき》を片づけ、付近から集めたコンクリートの欠片《かけら》やレンガで竈《かまど》を造り、赤く焼けた蓄音機のターンテーブルをフライパン代わりにして南京豆を炒《い》っていると、石炭やコークスの火種を取りに来た何人かの大人が「少し下さい！」と言いながら、返事もしていないのに一握りずつ持って行きました。

しかし、父も母も決して怒りも注意もしませんでした。みんなお腹がすいていたのです。

その後、父は住まいと食べ物を探しに行き留守だったことを記憶しています。

私たちはその夜、そこで野宿をしました。周りの人々は我先にと、赤く焼けたトタンや鉄の棒、そして黒く半焼けの柱でバラックの家を造っていました。

翌々日の午後（父の話）、宝石と物々交換した食べ物と、臨月の母親の入院先を見つけた父が帰ってきました。住む場所がない我々家族まで母親と同じ病室に入室できる病院がなかなかなく、大変苦労をしたそうです。

入院できた病院は磯子区滝頭《たきがしら》にあり、戦災をまぬかれた「友愛病院」でした。我々は早速その病院に移動し、親子五人で同じ部屋を住まいにすることにしました。

中学生の頃、父が話してくれたのは、この時家族も同居できる条件は、前払いで加工だけした1カラットと2カラットのダイヤだったそうです（多分、今の金額でしたら四、五〇〇万円ぐらいの価値だと思います）。

病院はコンクリート造りでしたが、木製の窓枠のガラスは爆風で半分以上なかったように記憶しています。中は薄暗く異様な臭いがし、ハエがいっぱい飛んでいました。そして、

「熱いよ！　痛いよ！　苦しいよ！」

そんなうなり声があちこちから聞こえてきました。焼夷弾による火傷《やけど》の重傷患者があまりにも多く、全身の皮膚や組織が焼け落ち、手足の骨まで見えた状態で、病室が満室のため廊下で苦しんでいるのです。まるで地獄のようでした。

しかし、思うような人手や薬もありませんので、治療ができずにただ油紙と包帯を巻いただけで、その隙間にハエがたかり卵を産み付け、ウジ虫がわき出ているのを見たことがあります。

そんな人たちも次から次へと亡くなり、日に日に静かになっていきました。

終戦と闇市

父は私たち四人の食べ物や住まいを確保するため、物々交換用の宝石を持ち、毎日外出していました。

肉色・台形で縦長の大きな進駐軍用コンビーフ缶・チーズ・チューインガム・たばこその他を、アメリカの兵隊が軍やＰＸ（進駐軍専用の売店）の倉庫から勝手に持ち出し、食べ物がない日本人の持つ珍しい高価な品物と交換するのですが、警察に見つかると日本人だけが逮捕されます。生きて行くためには仕方がなかったことなのですが……。

しかし、今だから言えますが、警察とて思うように口に入る物がない時代、彼らは没収した物で結構贅沢をし、高級な衣類（ウール地のアメリカ陸軍の厚手ワイシャツやズボン他）を着たりしているという噂もありました。

思うように食料が手に入らず探しているうちに帰りが遅くなり、病院の門が閉まってしまい中に入れず、確か三階だと思いますが、私たちの部屋の真下で「オーイ!! オーイ!!」と無事を知らせていた父の声を今でも覚えています。そんな夜は、父は門扉に寄りかかり朝まで過ごしました。

新しい物に何でも興味を持つ私は、病院の手動式のエレベーターをいじり、階の中間で停まってしまい大騒ぎをしたこと、また、病院の玄関両側にある大きな防火用水の背丈ほどの高さの縁に上り、中にオシッコをしているうちにバランスをくずし水の中に転落、通りがかりの人に助けてもらったこともありました。

母は入院して十六日後の六月十九日、無事女の子を出産しました。病院の名前一字をもらい「愛子」と名前を付けました。

長く入院できませんので、父は戦前盛大な時に面倒を見て、爆撃も受けず家も焼けなかった磯子区岡村の山際にある家に親子五人で間借りしました。大きな家で、周りには竹《たけ》藪《やぶ》、庭にはツルベ井戸がありました。

同じ家に地回りの元締めがいて、毎日パナマの白い中折れ帽子に白い背広上下。そして白いピカピカの革靴を履き、午後になると出かけて行きました。いつも午前中はこの白い革靴を丁寧に磨きながらガムを噛《か》んでいたのを覚えています。

私が見ていると、「坊や、チンガムあげるよ‼」といつももらいました。

「チンガム」とはチューインガムのことで、伊勢佐木町《いせざきちょう》や野毛のヤミ市、それに根岸の漁港で地回りをして、食料品や生活必需品を喝上げしている仲間から上納させた品物でした。

ある時、大家さんから生の丸々太った大きな鯖《さば》を戴《いただ》きました。早速母がつるべ井戸で料理して食べたところ、私だけが全身痒《かゆ》くなり、体や顔まで腫れ上がって発疹《ほっしん》が出来てしまいました。

鯖にあたったのです。飲み薬や貼り薬などはありません。ただひたすら冷やしただけでした。痒みや発疹が治まるまで、確か四、五日かかったと記憶しています。

しかし、これが初めてのアレルギー体質の知らせで、その後首や手足の関節の裏側だけが痒く赤く腫れ、ジュクジュクしてきました。今思うに、これがアトピー性皮膚炎の始まりだったのです。かき壊したりこすったりするとますます痒くなりましたので、ひたすら我慢しました。

ある日の夜中、人の気配で目を覚ますと、貸家の主人の妹が私たちの米びつから配給された玄米やつぶしたトウモロコシを盗んでいるところでした。

翌朝母に告げると、すでに母は知っていました。母の言葉は、

「ボク！　あの方もきっとお腹がすいていたのですよ‼」

ただこれだけでした。

ある日、両親と三女和子姉がラジオの前に座っています。また、大家の家族は別の部屋で座っていました。

当時のラジオは縦長で上にスピーカー、その下にダイヤルが三角形に三つ付いていたラジオで、ダイヤル式のスイッチを入れると「ピーピー、ガーガー」ととてもうるさくて、声が大きくなったり小さくなったりしました（高感度一段ラジオ）。

男の声が聞こえてきて、ラジオの前では全員正座していました。別の部屋の皆さんは皆涙を流していましたのに、両親と和子姉は真剣な顔でラジオをにらんでいたことを覚えています。すなわち、それが八月十五日の「玉音放送」でした。

その後、あまりにも食料がなくなるので、同じ磯子区の滝頭に引っ越し、大きな家の二階に間借りしました（多分、大歌手美空ひばりさんの実家の近くと思われます）。

この大家さんは、やはり父が戦前面倒を見た方で、お名前は知りませんが「刀の研ぎ師」でした。家の前には大きな市電通りがあり、その向こう側には幅の広い大きな川（堀割川）、近くには市電の大きな車庫がありました。

父は毎日食料探しに出かけ、少しでも高く物々交換するために夕方にしか戻りません。ある日の午後、一階から大きな声と英語が聞こえてきました。階段の上から覗くと、刀を研いでいる大家のおじさんへ、腰の拳銃に手をかけて今にも抜くようなそぶりの白人と黒人のＭＰ（アメリカ陸軍憲兵隊）が、大きな声とジェスチャーで話しかけていたのです。とても怖かった記憶があります。

その時、たまたま父が帰ってきました。父は艦船業をしていたので多少の英会話ができましたから、仲裁に入り一件落着しました。

彼らは刀を没収に来たのですが、怖くて近づけず、ダメなら持ち主を教えてくれということだったのです。

毎日アメリカ陸軍の大型トラックが荷物を満載にして行き来していました。ある日のこと、南太田方面から来た大型トラックの隊列の中から二台のトラックが私たちの方へ右折、二階で眺めていた七歳の姉と私に向かって、走っている車の荷台から黒人兵が紙袋を投げてくれました。

でも、上手く届かず一階の屋根に落ちて紙袋が破れ、中からカンパンが屋根に散らばりました。それを拾おうと窓から屋根に出ようとすると、母が、

「拾ってはいけません‼」と一喝。

日頃から「くさってもタイはタイ」と話してくれた母のプライドが許さなかったのです。

いつもお腹のすいている私たちは、身震いするほど我慢しました。

そんな両親を見習ったのか、人に与えることはあっても戴くことを私は今でもあまり好みません。まして投げ与えられた食べ物などは論外です。

父は毎日、五人の食料探しや最低限の生活必需品を物々交換で確保するため、闇市を歩き回っていました。終戦直後の都会では、配給はほんのわずかな玄米や押し麦、つぶしたトウモロコシだけで、空腹を満たしたり栄養のあるものを食べたりするには、自分たちで探さなければならなかったのです。

闇市とは、進駐軍の兵士が部隊やPX（進駐軍専用売店）の倉庫から横流しした品や、田舎で手に入れた都会にはないものを売っている露店の集まりで、私の記憶では伊勢佐木町や野毛通りにありました。もちろん自分たちが使ったり消費したりもしますが、物々交換した外国製品を田舎に持って行くと喜ばれ、貴重な食料品と物々交換できるのです。

その当時、伊勢佐木町は闇市の場所で、川（大岡川）の間には確か進駐軍の軽飛行場やカマボコ兵舎があり、この闇市の通りが後に伊勢佐木町通りとなりました。

父の話ですと、この滝頭には昭和二十一年の秋まで住んでいたということです。その間、父と三女の姉和子は食べ物探しでいろんな危険や苦労があったことを、私が大学生の頃によく話してくれました。今でもこの二人の話を思い出しますと、感謝で胸が詰まります。

その中から二例ほどお話ししたいと思います。

まず父からの話ですが、山下町の路上で進駐軍と物々交換していた最中、張り込んでいた加賀町警察の私服刑事に逮捕され、品物はすべて没収されて収監されたのです。

そこには大勢の先人が収監されていたらしく、いつ取り調べが始まるか、そしてどうなるか見当もつきません。自分を待ち続けている家族のことが心配で、一睡もできなかったそうです。

逮捕の現場から警察の車で連行される途中、大人数の家族を養っていることを刑事に話していたのですが、それが功を奏したのか、翌朝、急に刑事部長から呼び出され、超法規で「放免」され、闇市で手に入れた品物だけ返してくれませんでした。

酒好きの父は、酔いが回るとこの話を亡くなるまで涙ながらに話していました。

二例目は、姉和子（十五歳）が父と一緒に栃木県に闇の品物や貴金属を持ち、「買い出し」に行った時の話です。

都会ではすべての物資が不足し貨幣価値もない時代ですから、すべて物々交換です。田舎では絶対手に入らない品（コンビーフ・チーズ・チューインガム・たばこ・ベビー用品・

薬・ウールの高級衣類など）を進駐軍や闇市から手に入れ、米・野菜・卵・肉・醤油《しょうゆ》・みそ・塩などと交換するのです。

おかげさまで闇市での交換は宝石類が物を言い、田舎で交換出来る貴重な品物がたくさん手に入りました。これを二人で大きなリュックに詰め、上野駅から列車で埼玉、群馬、栃木県に買い出しに行くのですが、切符があっても大きな荷物を幾つも持った乗客で溢《あふ》れ、なかなか列車に乗れず窓から乗り込んだそうです。

これらの乗客はすべて田舎に買い出しに行くのです。しかしこれはまだ良い方で、列車の入り口や連結部の幌《ほろ》の外で、重い荷物を背負ったまま両手すりに何時間も掴《つか》まっていた人もいたらしいです。

ある日の午後、米や野菜・卵を確保しましたが、たまたま最後に昼食中の農家に出くわしました。二人とも朝から何も食べていません。すると父が、

「私は要らないが、この子に白いご飯を食べさせてやってください」と頭を下げながら頼んだそうです。

台風が近づき風雨が強くなりましたので、列車がストップするのではないかと思い、い

つもより帰りを二、三時間早め、最終便に乗ることが出来ました。食料品の入った大きなリュックを背負った二人は、連結部の手すりにびしょ濡《ぬ》れで掴まっていました。

ようやく利根川の鉄橋まで帰ってきたものの、増水のために鉄橋上で列車がストップ。線路の上を濁流がごうごうと音がするほど流れ、空腹とびしょ濡れの寒さと疲労、そして恐怖で二人とも死を覚悟したそうです。

台風に出くわしたのです。しかし一時間もしないうちに列車がソロソロと動き出し、相当な時間遅れで無事上野駅にたどり着きました。

後に発表されましたが、機関士の独断で発車したらしいです。その後に線路は流されたそうで、危機一髪難を逃れ、横浜の間借り住宅にたどり着いたということです。

現在九十二歳になった姉和子ですが、今でもこの話に涙します。

帰郷

昭和二十一年の晩秋、両親は故郷である山梨県南巨摩郡増穂村に疎開することに決めました。

すでにこちらの最勝寺という部落には、祖母の遠縁に当たる家に四人の姉さんが縁故疎開していましたので、合流すると大家族になってしまいます。そこで我々六人は母方祖父の兄弟の家に間借りすることにしました。

この時父は、男として断腸の決断だったと思います。志村家に婿養子に入り、若くして都会に出て努力を重ね大成功、盛大に事業をして自分（秋山家）の弟たちや他人の面倒、そして郷里の増穂村に尽くした人間です。それが今度は自分が面倒を見てもらう立場になってしまったのです。

自分たちの感情を堪え、家族のために我慢、努力したこの責任感の強い両親の気持ちを思うと、さぞ苦しかったことと思います。

昭和二十二年の春、父と母は大きなリュックを背負い一歳九か月の妹愛子の手を、十六歳の三女和子はリュックを背負い私の手を引き、八歳の聡子も小さめのリュックを背負って出発しました。

湘南《しょうなん》電車（湘南電気鉄道、現在の京浜急行電鉄）に乗り、国鉄（ＪＲ）横浜線に乗り換え、さらに八王子駅で中央線の蒸気機関車に乗り換えました。初めての電車や汽車の旅、小さな私は親の気持ちもよそに嬉《うれ》しくてわくわくしていました。

やはりいちばん思い出に残っているのは、蒸気機関車がトンネルに近づくと「ヴォー、ヴォー」と汽笛を長く鳴らすことです。また、踏切に近づくと短く「ピー」という鋭い汽笛を鳴らしていた記憶があります。

「ヴォー」が聞こえたら素早く木枠の窓を下に閉め、列車内に煙が入るのを防ぎますが、閉めるのが遅かったり眠ってしまって閉め忘れたりすると、煙が列車内に充満してしまいます。

しかし、中央線は山の中を走るためトンネルが数多く開け閉めが忙しく、甲府駅に着いた時は顔や手までも真っ黒でした。チョコレート色の列車、そして煙や車内のワックスの匂いは今でも忘れていません。全員真黒の顔で甲府駅に降り立ち、駅構内の水道で手や顔を洗って鼻をかんでもらいましたが、真っ黒でした。

駅より峡西電鉄（通称「ボロ電」、二本のポール付き単線電車で甲府市内は路面）に乗り、畑や果樹園の中を通り過ぎ、終点青柳駅に約三十分遅れで無事着きました。

電話などなく電報で知らされたため、縁故疎開をしていた四人の姉さん方が駅まで迎えに来てくれていましたが、到着が遅れたため彼女らは大変に心配したそうです。しばし全員で無事を喜び、祖父の兄弟の家に送ってもらい、彼女たちは徒歩十五分ぐらいの最勝寺の家に戻りました。

私たちの間借する家は、青柳という部落の中央に位置する、街道筋にある大きな平屋で、外階段が付いた別棟があり、そこの二階にはすでに、父のすぐ下の秋山喜一叔父夫婦が一人っ子の敦《あつし》を連れて住んでいました。叔父は昭和初期に父の出資で横浜で大きく商売をしていましたが、横浜大空襲の直前に引っ越して来ていたのでした。私たち六人は八畳間一室をとりあえず間借りしました。

喜一叔父は、狩猟と投網（当時地元では「殺生」と呼んでいました）による魚取りが趣味で、毎日山や川に出かけていました。そのため家にいるときは、水平二連散弾銃の手入れやいろんな種類の弾造りをしていました。私が見ていると、狩猟（イノシシ狩り）の話が始まり止まりません。

そんなある日、叔父といとこの敦が富士川支流の横川に投網に出かけましたが、敦が「父さんが大きなコイを取った」と息せき切って駆け込んできました。

ゴムのカッパを持って飛び出したので私も後を追いかけてついて行くと、見たこともない大きな魚がバタバタしていました。十歳の敦がカッパにくるみ重そうに抱いていますが、魚に振り回されシッポは地面に垂れていました。今思うに一メートル以上あったと思います。その後隣の大きなお屋敷の池に放しました（今思うにコイではなくハクレンかも知れません）。

数日後、叔父が料理したとき、その魚の大きなくびれた浮き袋に自転車のポンプで空気を入れて遊びました。

私は田舎のお祭りの御神輿《おみこし》や、お正月のお獅子《しし》が怖くて、押し入れや太い床柱の陰に隠れた記憶があります。

この家の西側には、甲州街道から静岡県に通じる当時からアスファルトの広い街道（国道五十二号線）がありました。道路の反対側には祖母の親戚で「牛乳店」がありました。

この牛乳店に遊びに行った時、必ずと言っていいくらいオシッコをしたくなり、トイレには牛舎の前の幅一間にも満たない通路を壁にへばりついて行くのですが、柵から大きく首を出している牛が怖くなり、時間がかかって何度かお漏らししたのを覚えています。

やがて、六人家族での八畳間は狭すぎたのと、突然戦地から一番歳上のいとこが復員してきたため、半年後に三人の姉さん方が住む最勝寺に引っ越しました。

兄の源太郎が学童疎開先（箱根の強羅）から教員を続けるために横浜へ戻り、現在私が住んでいる場所で一人暮らしをしていましたので、長女智恵子だけが横浜に戻ってそこに一緒に住み、兄はしばらく小学校教員として、長女智恵子は女学校の時の親友で鎌倉に住む沢田美喜さんが大磯で開いた孤児院「エリザベスサンダーズホーム」でお手伝いをしました。

この時の最勝寺の家は、庭の広い大きな母子家庭の平屋をまるごと使うことができました。

その北側の細い急な道沿いには川幅が狭く水のきれいな急流があり、いつも芋車がゴロゴロ回っていました。「芋車」とは、小さな水車の中に里芋やジャガイモを入れ、水の力できれいに皮をむくのです。

この家は九人家族で暮らすには十分だったと思います。広い庭の隅に納屋兼広い板の間に穴の開いたトイレがあり、小さな私には跨ぐのがやっと。トイレの穴は大きく口を開け下は真っ暗で、大変怖かった思い出があります。

夜中のトイレは必ず誰かについ行ってもらいましたが、そのたび狐《きつね》に出くわします。狐に騙《だま》されるのではないかと思い、しがみついていました。

ある時、急流沿いの山道の上から駆け下りてくる馬の蹄《ひづめ》の音と、「ソレーソレー」という女性の声が聞こえてきました。ムチを持ち和服に袴《はかま》、乗馬靴を履き、私の前をものすごい速さで馬に跨がり駆け下ってゆきました。

小さな私が見たこともない姿にビックリしていると、母がそばに来て、

「ボク、あの方はお母さんの遠い親戚のお嬢さんで、あなたとも血が繋《つな》がっているのですよ！」と言いました。

今思うに十七、八歳の娘さんだと思います。その細い山道を五〇〇メートルほど登ると春米《つきよね》という部落があって、そこには大きな観音開きでカンヌキのかかったくぐり戸のある

門があり、高い土塀に囲われた途方もなく大きな屋敷がありました。

この家を地元では「ダンシャクさん」と呼んでいて、彼女はそこのお嬢さんでした。

また、なぜか別名で呼ぶ人もいて、なぜ名前が二つあるのか不思議に思っていましたが、この家こそ母方の曾祖母の実家なのでした。村では屋敷の中で五万両の徳川家の隠し金を掘っているという噂《うわさ》もありました。

母は「血が繋がっているのですよ！」。この一言だけで、それ以上は何も言いませんでした。

若くして横浜に出て頑張り大成功、横浜の名士になり、南区や磯子区の町民、そして国や故郷の村にまで尽くしたにもかかわらず、戦災ですべてを失い衣食住もままならず、わずかな宝石の物々交換で生計を立て大人数の家族を養わなければならない両親こそ、この家を頼ればもっと楽ができたと思いますが、明治気質《かたぎ》の母は婿養子の父のプライドを傷つけたくなくて我慢したのだと思います。

父は毎日、食料や生活必需品の確保、そして安定した仕事探しに出かけていました。田舎ですので、近所の農家から蒸《ふ》かしたサツマイモをよく戴きました。すると母は父がいなくても必ず真ん中の太い部分を大きく切り、「これはお父さんのです！」と言いました。

するとと帰宅した父は、

「俺は要らないから、子供たちに分けてやってくれ」と。

もちろん、大きな姉さん方も食べたそうにしていましたが何も言いません。五歳の私と八歳の姉聡子が食べました。

この当時、私はいつも母のそばにいていろんなことを母から教わりましたが、父の記憶がほとんどありません。自分に厳しく家族に優しい父は、それだけ生活のために東奔西走していたのだと思います。

この最勝寺の家から南へ子供の足で五分ほどだと思いますが、戸川という幾つもの堰堤《えんてい》のある川がありました。堰堤とは、川幅の広い急流を上流から下流に向かって低い滝を幾つも造り、流れを緩和するものです。

夏にはよく水遊びや小魚（ハヤ・カジカ・ウグイ）そしてカジカガエルなどを捕まえに行きました。

五歳の春のことでした、両親が、歩いて十五分ほどにある遠い親戚の家に連れて行ってくれました。

その家は大きな平屋の農家で、養蚕の真っ最中でした。廊下の一部と竈《かまど》の近くを残し、風呂場の天井まで蚕の網で埋まっていました。「ザーザー」というものすごい音がしていましたが、この音は蚕が桑の葉を食べている音でした。

そこに身なりが都会風のめがねをかけた痩せぎすの人が来て、両親、そして農家の主人と何か話が始まりました。そばに行くと母が、

「ボク、お風呂に入ってきなさい！」と言い、庭にあるドラム缶を指さしました。

何のことかわからず、石で囲った上にあるドラム缶に近づくと、ドラム缶の下で薪が燃えていました。石に上り中を覗くと木の蓋が浮いていましたので、これを取り出し下駄をはいたままで中に入ろうとしましたら、

「ダメダメ、それをとってはダメですよ、その上に乗って入るのですよ‼」

まさしく、これがかの有名な「五右衛門風呂」でした。養蚕の時期は風呂場まで蚕に占領されていますので、庭の隅にある五右衛門風呂に入るのだそうです。

行商の始まり

当時、この増穂村や隣の鰍沢《かじかざわ》ではメリヤス工場が流行《はや》りだし、地元行商人は、この製品や岐阜の反物問屋から仕入れた商品を地方に売りに行きました。地元ではこれを「旅に行く」と言い、長い人は二か月も家を空けたそうです。

この時の都会風の人こそ「みしな」様といい、父に旅に行く仕事を奨《すす》めた人でした。話が決まり、男三人で酒盛りが始まりました。酔いが回ってきたみしな様が、「あーかいマフラーは見るのもつらいー」と歌い始めました。歌の好きな私が初めて聞き覚えた津村兼の「流れの旅路」という流行歌でした。

その後、彼がちょいちょい家に来て、酒好きの父と酒を飲むたびにこの歌を必ず歌うので、姉さん方は彼に「赤いマフラー」とあだ名をつけてしまいました。

両親は音楽が好きで、父はお酒を飲むと必ず伊藤久男や林伊佐緒の歌を歌いました。母も歌は好きでしたが、戦前はお琴・三味線・ギターまでも弾いていたのに戦争で全て焼失し、精神的に余裕もなく歌を忘れたカナリヤになってしまいました。

父はみしな様の紹介で、やっと「メリヤスの行商」という仕事を見つけたのです。

この頃、次男源太郎は教員として横浜で、長女智恵子は神奈川県大磯の「エリザベスサンダーズホーム」で働き、三女和子・四女絹江は甲府市の大きな履物屋さんに住み込みで働いていました。五女博子・六女元子は学生でした。

当時のメリヤスの材質は、化学繊維で毛糸風に紡績した糸（当時は「ウーレット」と呼んでいました）をセーターや水着にしました。しかし材質が悪く、一度洗うとセーターが膝まで伸びてしまい、しかも色落ちして無色になり、水着などは体まで染まり雨カッパのようになってしまいました。

行商人は地方に行きこれを平気で売りさばきましたが、二度と同じ家には売りに行けなかったらしいです。

このことを前もってみしな様から知らされていた父は、固定客を取るためには努力して材質を変えなければダメだとあるメリヤス工場に提案、一年もしないうちに新商品が出来上がりましたが、今度は逆に大人の商品が子供にも着ることができないサイズに縮んでしまいました。

都会で販売するため、さらに父は提案・指導、試行錯誤して、その一年後にはウールをある比率で混紡（この比率が大変に難しかったそうです）して、伸びも縮みもしない立派な商品が出来上がりました。

この噂が村中に広がり、他のメリヤス工場も始めました。そしてこれがかの有名な紡績会社「レナウン」や「福助」の下請け工場となり、増穂村に集中する結果になりました。

その後、私たちは同じ増穂村の小林という部落に引っ越しました。広い敷地の大きな醤油工場で、社長様の名字も小林でした。建築中に隠居が亡くなったため、未使用で平屋の離れを一棟借りました。

薄暗い農家の家と違って、ガラスを多く使った明るく総檜《ひのき》の匂いがするモダンな磨きがかかった家でした。廊下などは滑って転んだことがあり、両親は家に傷つけないように大変気を遣ったそうです。

ある日、従兄弟が遊びに来て柱に傷をつけてしまったことが原因で引っ越しすることになりました。ちょうど一年ほどで、この家から一キロほど真東にある新町という部落に引っ越しました。

静岡県に抜ける街道（国道五十二号線）から広い庭に入り、突き当たりの高さ三メートルほどの石垣に張り出した平屋でした。

床下は物置場で、石垣沿いには水の綺麗《きれい》な小川があり、ハヤ・ヤマベ・アマゴ、おまけにイモリやたまに蛇までもいました。夏などは蛍が飛び交います。

反対側の街道沿いには、両側が石垣で幅二メートル、深さ五十センチぐらいの流れの緩やかで綺麗な川があり、ありとあらゆる川魚がいました。特に夏になると一晩中お釜や鍋を川に浸けておきますと、小魚はもちろん、一握りぐらいの大きなウナギが必ず何匹か入っています。

ある時は、四、五人の中学生ぐらいが電柱の裸線から電気を取り川に入れると、あちこちの石垣の穴からウナギが白いお腹を見せながら出てきました。電線を上げ素早くウナギバサミで拾います。あまりにもたくさん取れるので大きなビク（かご）に入りきらず、母がブリキのタライを貸してやりました。確か二、三匹もらった記憶があります。

昭和二十三年春先のある晩、夜中に目を覚ますと、母が編み物をしていました。三日前からグレーのセーターを解き、湯気の出るヤカンで湯のし（解いた縮れ毛糸を湯気で真っ直ぐにすること）をしていた毛糸で、何か編んでいたのです。

さらに和裁洋裁が堪能な母は、亡くなった富太郎兄が着ていた関東学院の濃紺で金ボタンの制服を、四月から小学校一年生になる私に合うように丈詰めしてくれました。でも袖丈やズボン丈は良かったのですが、上着だけは丈詰めしても両側のポケットの位置が移動できないので、物を入れることができませんでしたが決して文句は言いませんでした。

さらに、両サイドがベージュ色のズック生地で茶色の豚革のランドセル、そして白い紐のところが紺のズック靴を新調してくれました。

母は入学式の当日、手袋を出してきてくれました。この手袋こそ「母さんが夜なべをして手袋編んでくれた!!」でした。入学式に同行してくれた、初めて見る品《ひん》のある晴れ晴れと美しい母の羽織姿を忘れることはできません。

入学式の帰りに写真館で写真を撮り、帰り道で片方の手袋をなくし、途中から戻りましたが見つかりませんでした。しかし母は少しも叱りません。申し訳ない気持ちと悔しさで初めて涙を流しました。

金銭的、肉体的、精神的に相当疲れていたときです。これを書いている今でも涙が止まりません。気丈に夫を支え、家族を守り、そして思いやりのある、まさに山内一豊の妻と聖母を足したような母でした。


ここで私が入学した小学校をご紹介したいと思います。

この学校は「増穂小学校」といって、私が入学当時すでに七十数年という古い歴史があり、一号館から四号館まであり、確か四号館が一番古く、薄暗い平屋の建物でした。

その当時は生徒数一八〇〇人。東西に長い校舎と広い校庭の間には十メートルほどの高低差があり、幅九十センチ、長さ一五〇メートルほどの、南北に長い階段がありました。朝礼や運動会はこの階段を利用しました。

校庭の北東の隅に、風見鶏のある「太鼓堂」という六角形の、歴史を思わせる建物があり、明治や大正時代はこの太鼓堂で正午「ドーン、ドーン」と太鼓を鳴らしたらしいです。

ウサギの悲劇

動物好きの私は、その年の五月頃だと思いますが「レッキス」という種類の、ネズミ色で耳の長いウサギを飼いました。私に懐き、学校から帰ると餌をやることが楽しみでした。ある日学校から帰ると、ウサギ小屋にウサギがいません、母に尋ねると、突然母が涙を流し私に謝りました。初めて見る母親の涙。

「みずお!!　ごめんなさい。源太郎が来て、うさちゃんを殺して肉にしちゃったよ。皮が裏の雨戸に干してあるよ」

急いで裏に回ると、そこには血の付いた生乾きの皮が干してありました。

あの時のショックは今でも忘れることができません。それ以前の兄に対する思い出はなにもありませんし、顔も知りません。こんな残酷なことをする兄さんとはどんな人だろうと思いました。

これがトラウマになり、兄を憎むようになってしまいました。その後二回ほど兄が顔を出しましたが、心を大事にする母は敷居を跨がせませんでした。本当は苦労をしている父を手伝ってもらいたかったと思います。

ここで、当時の一部の食べ物を紹介したいと思います。疎開人の主食は玄米か押し麦、すいとん。おかずは梅干し、タクアン、ひじきや海苔《のり》、油揚げ。タンパク源はイナゴかたくさん手に入る蚕のさなぎでした。たまに魚のホッケの塩焼きが出ました。

蚕糸工場が多い増穂村では、蚕のさなぎが幾らでももらえました。このさなぎを醤油と砂糖で甘辛く煮つけます。非常に匂いの強い食べ物でしたが、嫌いではなかったです。親が出してくれた食べ物はどんな物でも食べました。おかげさまで今では好き嫌いはありません。

玄米を一升瓶に入れてハタキの柄でつつき、皮をむき白くしますが、これは私の役目でした。結構楽しんだ記憶があります。

夏も終わりに近づくと、早朝、母はすぐ上の姉と私を田んぼにイナゴ取りに連れて行ってくれました。夜露でイナゴの翅《はね》が重たく、思うように飛べずつかまえやすいのです。また、水のない田んぼでないと中に入れません。

巾着袋《きんちゃくぶくろ》に竹筒を結び、捕まえたイナゴをそこから巾着に入れるのです。多分二〇〇匹ぐらいだと思いますが、ある程度捕まえると入り口を紐で縛り、一昼夜置きフンをさせてから茹《ゆ》で、飛び足や翅を取り、やはり醤油と砂糖で甘辛く煮て食べますが、匂いもなく大変香ばしく美味しかったことを記憶しています。

この新町という部落には確か一年ほど住まい、その後、隣の長沢という部落の「法界寺」というお寺の本堂に引っ越しました。このお寺にはすでに疎開四家族が住んでいました。

消えた金庫

確か三月の初めだと思いますが、鼻が詰まり、目が痒《かゆ》く首や手足の関節の裏に湿疹《しっしん》が出来、赤く腫れてジクジクし、めちゃめちゃかき壊しました。今思うに、これがアトピー性皮膚炎に加えて花粉症の始まりでした。アレルギー体質があったのだと思います。

何日も家を空け行商から帰ってきた父が、うちわや扇子で扇いでくれました。

当時は、夜寝るときは必ず両親のところに行き、

「お父さんお休みなさい、お母さんお休みなさい」をしました。

家族全員川の字で布団に入ると、父は必ず一人ひとりの足元に来て布団を押さえ、「一生懸命寝るのだよ!!」これが何事にも努力家で挫《くじ》けない父の、優しい心の表れでした。

首や手足の関節の裏をあまりにも痒がる私を見た父は、都会で薬を手に入れるためと、戦後の焼け跡に残したままになっている大きな金庫を開けるため、初めて横浜に戻りました。

母に聞いた話ですが、五日ほどで家に帰って来たらしいのですが、私に付ける薬は手に入ったのですが、金庫は跡形もなくなっていたそうです。

焼け跡にはまだバラックがたくさんあり、被災者や戦争孤児、いわゆる浮浪者や浮浪児が大勢いて、聞くところによると進駐軍(GHQ)の大きなクレーン車が来て持っていってしまったらしいのです。

その金庫の中には、敗戦の前まで父が宝石商と信用貸金融業で蓄えた多額の国債の債券や何冊もの預金通帳、そして大会社へ融資した証書、戦後景気が回復したらまた事業を起こす資金にするための多量の貴金属(金時計や金の延べ板・プラチナ・宝石類)が入っていました。

米軍の爆撃で焼け野原にポツンと残ったこの大きな金庫は、先にも書きましたが、児童文学作家高木敏子氏の『ガラスのうさぎ』という児童小説を、松竹が長門裕之主演で映画化し、その一場面に出てきました。終戦直後、進駐軍が撮影した映像を挿入したことを確認しました。

母の話によると、父は盛大であった戦前を目標に、繊維製品の販売で一から出直すことに決めたのです。毎日大きな荷物を背負い行商に出かけました。

夜寝るときは、私に横浜で手に入れたアメリカのジョンソン・エンド・ジョンソンの水銀軟膏《なんこう》とベビーマークのシッカロールをつけ、うちわで扇いでくれました。各メリヤス工場から直の委託販売ですから、行商にしては意外と儲《もう》かったらしいです。

ある日、小笠原という町の十日市という神社の祭りに露店を出すため、父について行くことにしました。

当時、地元では寺や神社の盛大な祭りが多く、花火や参道の両側にたくさんの露店が並びました。その中でもこの十日市が最大の祭りで、確か二日がかりだったと記憶していま す。

一日目、五十歳の父は大きな荷物を背負い、小学校二年の私は薄べり（畳表）を丸めたのを担いで後からついて行きましたが、あまりにも大きな荷物のため荷物が歩いているようでした。

電車の入り口がなかなか通れず苦心しているうちに、運転手に無理にドアを閉められ、父は左小指を挟まれて多量の出血をしました。先を急ぐ父は一言の文句も言わず、左小指を手拭いで縛り、地割りされた場所に駆けつけましたが、その場所は人通りの少ない寂しいところでした。

昼ご飯も食べず夕方まで二人で頑張りましたが、セーターは一枚も売れません。子供の私でさえ父を不憫《ふびん》に思うのと、悔しさで涙が出そうになりましたが堪えました。

でも、相当落胆しているにもかかわらず、顔にも口にも出さず頑張っている父の偉さを知り、尊敬するのと同時にますます好きになりました。

次の日の販売は、地元の遠い親戚の息子に手伝ってもらい、夕方の撤収には私もついて行きました。しかし、やっぱり何も売れなかったのです。

あとで母から聞いたことですが、負傷は第二左小指関節の粉砕骨折だったということでした。医者にも行きませんでしたので、そのまま固まってしまい、八十六歳で亡くなるまで曲げることはできませんでした。

官憲の横暴と地元の偏見

そんなある日、私たちが住んでいるお寺の本堂の前に、三人の背広姿の男どもが乗った一台のジープが横付けし、ずかずかと家の中に入ってきて、

「警察だ‼　これから家宅捜査をする」と言うなり、和ダンス、洋服ダンス、茶ダンスまで引っかき回し、最後に本堂正面の祭壇下にある倉庫も調べました。

そこには父母の和服や袴《はかま》はもちろん、姉さん方の和服も収納されている長持ちがありました。

暗いので懐中電気で照らしながら探し回り、突然「あったぞー」と叫びました。

私は何のことかわからず佇《たたず》んでいると、奥から二人の刑事がタバコ（キャメルやラッキーストライクのカートン）とコンビーフ（進駐軍用）の缶を抱えて出てきました。

するとと、今まで無言だった母が突然大声で叫びました。

「あなたたち!!　どこの国の人!?　それでも人間ですか!?」

そして、その後もいろんな罵声を浴びせました。

戦前、国のために尽くし、戦争留守家族や故郷・地元山梨の兄弟や親戚の面倒をみて、国や天皇陛下からも表彰状までもらっているにもかかわらず、裸になりやっと暮らしている人間に対してこの始末、母は相当悔しかったのだと思います。戦災に遭い裸になった都会人は、生きていくためにはこうすること、すなわちヤミしかなかったのです。

あの時の母の「啖呵《たんか》」は今でも忘れることができません。没収品を持ち帰り際、和ダンスの上にあった私につけるシッカロールと水銀軟膏までも持って帰ろうとしましたが、この時だけは母が刑事にすがり、持っていかせませんでした。

その当時、このような没収品はすべて警察で山分けしているという噂もありました。手入れをした主任刑事が、その後一緒のクラスになった女の子の父親であったこと、また地元の数多い親戚の誰かが密告したことも大方知れ、両親は亡くなるまで親戚付き合いを断ちました。もちろん私も、今の今まで付き合いはしていません。

小学校三年生の秋も深まった頃から、父の行商を母も手伝い始め、セーターを売るのは近隣でいちばん寒いところが売れるに違いないということで、長野県南安曇郡穂高村に二人で大きな荷物を担いで出かけました。

思った通り寒く、深い雪の中を大きな荷物を背負い行商しましたがよく売れたそうで、二、三日で帰って来ました。その間、家族の面倒を見るために、甲府で住み込みで働いていた姉和子と絹江が戻り、私たちの面倒を見てくれました。

両親は思い切って地元大町の塩屋旅館という宿を長期に借りる契約をし、そこを拠点にして行商をしました。約二、三週間ぐらいだと記憶しています。

電話などありませんので、連絡はお互いにすべて電報でした。不足品の発送依頼やメーカーへの依頼、そして近況報告など、少なくとも一日に二回はあったことを記憶していますす。当時は電報などは不幸の時しかありませんでしたので、村でも有名になってしまいました。この頃から地元は「村」から「町」に変わり、部落という呼び名はなくなりました。

小学校五年の頃から鉄道便での荷物の発送、郵便局、銀行によく行きました。発送は鉄道便で、必ずリンゴ箱に詰めて釘打《くぎう》ちし、荷札を三枚付けて自転車で青柳の駅まで行きました。自転車に乗れない姉さん方は発送に行けませんので、学校の昼休みの時間に急いで家に戻り、発送を手伝います。

午後の授業に間に合うように学校に駆けつけますが、ほとんどギリギリでした。四、五年生の時は渡辺愛子先生という優しい担任でニコニコしていましたが、六年生の女性担任は私だけに厳しく、一度宿題を忘れた時には黒板消しで脳天をたたかれ、水を入れたバケツを持たされ、頭の上に本を載せて廊下に立たされました。

他の生徒たちが同じことをしても、注意するだけでそのままでした。理由がわかっていた私は、その後この先生に反抗、わざと宿題をしませんでした。

すると先生は私に「宿題を忘れる親分と!!」とあだ名をつけてくれました。

授業中、教頭先生が校内の見回りに来て、

「またお前か!! 俺が謝ってやる」と言って教室に入れてくれました。

先生が怖い時代、他の生徒もうすうす理由がわかっていたとは思いますが、何も言いませんでした。戦後、全国の疎開者は村八分になったり、子供が仲間からいじめられたりすることが多くあったことをその後知りました。

まして先生の秘密を知ってしまった私は、今でいうパワハラをされたのです。

クラス中でその日の当番よりも早く登校する私は、必ず机を拭いたり黒板消しをはたいたり、机の上にあるタバコの灰皿を片づけますが、口紅のついた吸い殻とついていない吸い殻が灰皿からこぼれそうにあり、良からぬ物が散らばっていたりすることがよくありました。これを片づけていたのです。家族の生計を立てるため一生懸命頑張っている両親には心配をかけたくなく、一切何も話しませんでした。

四年生の運動会の予行練習の時、長い観戦スタンドに全校生徒が並びますが、後ろの段の体の大きい同級生が、グランドの競技に夢中になっている私の背中をいきなりゲンコツで思い切りたたき、前の段に転げ落ちて気絶してしまいました。

理由は、色が白く都会風の私を「気にくわなかった」とのことでした。

その後、数か月してのツベルクリン検査で、初めて大きく陽転したことが判明。レントゲン検査の結果、肺結核にはなっていなかったのですが運動が禁止され、中学二年で横浜に転校するまで体育の授業は見学でした。

また、小学校高学年の時は、近所で遊んでいるグループの仲間入りをしようとすると散り散りにいなくなり、中には「肺病たかりの青たん病!!」と罵声を浴びせ、お尻をたたきながら逃げて行くようなこともありました。

しかし、たび重なる先生や仲間のいじめのことは、一切親には話しませんでした。

見た目には気が弱くひ弱なお坊ちゃんに見えた私ですが、決して怯《ひる》まず挫けず、中学生になるまでの約二年間耐えました。体操の時間、楽しそうに運動をしているのを見ていることが悔しく、恥ずかしく、この時間ほど落ち込んで嫌いな時はなかったです。

命の大切さ

多くの家族を養わなければならないにもかかわらず、母は理科の得意な私に『児童理科年鑑』という、写真やさし絵の入った高額な辞書（上巻・下巻）を買ってくれました。多分、相当無理をしたことと思います。

おかげさまで、小学校の卒業式で卒業証書の他、私だけに理科の特別賞として表彰状と、赤い表紙で厚さ四センチほどの『理科事典』を学校から戴きました。

あとで知ったことですが、個人的な表彰はこの小学校の最初で最後のことだったらしいです。内容は相当レベルの高い辞書で、私が将来、理系に進んだ第一歩だと思います。

中学生になり、やっと遊びの仲間入りができるようになりました。

ここで、その頃の遊びを紹介したいと思います。

男の子はビー玉・コマ回し・メンコ・騎馬戦・相撲・蹴球・パチンコ（Y字の木の枝にゴムを張り小石を飛ばす遊具）、女の子はお手玉・おはじき・まりつき・紙人形などで、いずれも小学校低学年から中学生ぐらいまで一緒に遊び、常に高学年がリーダーとなります。縄跳びなどは男女入り交じって遊びました。

川やため池に魚取り、森や林にカブト虫取りで、一歩間違えれば川の深みにはまりそうなところで遊んだり、十メートル以上もある木に登ったりもしましたが、自然と危険を察知し、事故もなく過ごしました。

お寺の庭で飛んでいるツバメに石を投げて打ち落としたり、十五メートルほどの銀杏《いちょう》の木のてっぺんに泊まっている緋連雀《ひれんじゃく》をパチンコで撃ち落としたりしました。いずれも三年生の頃ですが、可哀想になりお墓を造ってやりました。

この時から、日に日にすべての生き物を可愛がるようになり、虫までも殺せなくなってしまいました。

人間の子供には、小さい時ほど遊び感覚で生き物を殺したりする残虐性があり、また、それを可哀想だとも思いません、そこを正しく導き、思いやりのある人間に育てるのは自然な母親の後ろ姿だと思います。ご多分に漏れず、私も目覚めたような気がしました。

野鳥も可愛がり、高い白檀《びゃくだん》の木にあったモズやヒワの卵を家に持って帰り孵化《ふか》させ、親にまで成長させました。朝早く雨戸を開けてやると、嬉しそうに鳴きながらどこかに飛んで行き、登校するときは肩や頭に留まり学校にまでついてきます。午後、授業が終わり校舎を出て来ると、どこからか飛んできて肩に留まります。家にまで来るとどこかに飛んで行き、夕方になると家の中に戻ってきて巣箱の中で寝ています。

今、その当時のことを思いますと、親鳥に対し大変な酷《ひど》いことをし、また思いやりが足りなかったことを反省せざるを得ません。幼児から少年を経て大人になっていく、精神的な成長段階だったと思われます。

両親は、寒い長野県から帰るときは前日に必ず電報で知らせてくれ、リンゴのお土産がありました。

長野県穂高町で両親の売るセーターは、都会風のデザインの良い商品のため信用をつけ、行商だけでなくあちこちの洋品店から卸の注文が入ってくるようになり、深い雪の中を大きな荷物を背負って行商することもだんだんと少なくなって、私の六年生の頃はほとんど卸だけになりました。

もちろん母も父に同行することは少なくなり、家事と父の補佐をし、私は荷作りと発送を手伝いました。

父はこの商品を、横浜や横須賀の洋品店に卸売りすることを思い立ち、母も同行して販路を広げて行きました。車などほとんどない時代ですから、すべて大きな風呂敷包みを背負い、得意先回りをしていたのです。

両親はいつも一週間ほどで帰ってきます。国鉄東海道線周りでは、横浜で必ず直径十五センチ、高さ七、八センチの渦巻き状に高くなった甘食のパンと、富士の駅で身延線に乗り換える時に、甘みのある大粒の茹でたトウモロコシのお土産を買ってきてくれました。甘くて美味しい食べ物を口にすることなどあまりできない時代、両親の帰りが待ち遠しかったことは今でも忘れることはできません。

おわりに

今日、自分を振り返ると、兄姉の中でいちばん長く両親のそばにいたので、自然と両親を知り、多くを学び、影響を強く受けて生き抜いてきた気がします。

しかし、家督を相続すべき使命感により、学生時代から自分の考えや行動を常にコントロールしている私に、病床の母は、

「瑞雄、ごめんね！　私がもう少し元気でいたら、あなたを手助けして自由にさせて、心配や迷惑をかけなかったのに！」と常に言っていました。

そんな心配をしながら脳梗塞になり、その上ガンにまでもなって、一生苦労しっぱなしで七十四歳の短い生涯を閉じた母。

また、自身の壮大な目的を半ば達しながら、戦争のためにすべてをなくし、その目的を私に託した父。

家族を養うため二十五歳で脱サラした私の発展の遅い商売に、愚痴や叱咤《しった》、そして指示

が続き、そんな年取った晩年の父に心身が耐えきれず、数年にわたり心配や迷惑をかけたこと。

両親が亡くなって四十年近くなった今日でも、悔やみきれません。

「あの時、もう少し何とかならなかったのか?」と、ただただ反省する次第です。


現在、私と、横浜の爆撃を経験した姉二人、そして終戦直後に生まれた妹の合計四人だけが健在ですが、当時からのことをお互いにはっきり語れるのは、数年間、両親に迷惑をかけた時、私の力になってくれた三女の姉和子だけです。

昔から、家族より戦友の絆は強いと言われていますが、両親が亡くなっている現在、戦中・戦後を命拾いし、また助け合った三人(三女の和子、七女の聡子)とはいつも連絡し合っています。

現在、九十二歳になった姉和子は、仔細あって子供二人を引き取り、離婚しました。しかし子供たちが重い心臓病で相次いで亡くなり、一人暮らしを続けていました。

しかし病や怪我が続いたため、現在は医療付きホームに入院していますが、常に私たちだけのスマホのホットラインで話をしています。話をするたびに昔話に花が咲き、また涙します。

戦中生まれの私の「戦中・戦後の十年」を書いてまいりましたが、語り尽くせない両親の愛情と苦労、そして努力の一部でも後世に残せたら幸いに思います。

互いに思いやりの心を持てば、争いなどは決して起きないと思います。

最後までお読みいただき、ありがとうございました。

令和四年七月吉日

志村　瑞雄

この作品は、著者が体験した戦中、戦後の様子を綴ったエッセイですが、当時の様子を忠実に表現するために、現在では差別的としてあまり使われない言葉についても、あえて使用している箇所がございます。ご了解ください。

著者プロフィール

志村 瑞雄（しむら　みずお）

生年月日　昭和16年（1941年）9月10日
出身地　神奈川県
学　歴　東海大学理学部応用理学科原子力工学専攻
在住県　神奈川県
その他　国家基本問題研究所（個人会員）
自由民主党神奈川県連会員（永きの活動のため表彰される）
社会福祉協議会ボランティア会員（多大なる活動により表彰される）
横浜金沢文化協会会員
元自衛隊協力会会員
音楽療法士
動物の保護センターでの活動

横浜大空襲と戦後の疎開生活
幼時から少年時代に体験した戦中・戦後の十年

2023年1月15日　初版第1刷発行

著　者　志村 瑞雄
発行者　瓜谷 綱延
発行所　株式会社文芸社
〒160-0022　東京都新宿区新宿1－10－1
電話　03-5369-3060（代表）
03-5369-2299（販売）

印刷所　図書印刷株式会社

ISBN978-4-286-27099-9